JN245505

無人駅

川上明日夫

思潮社

無人駅

川上明日夫

思潮社

無人駅　川上明日夫

目次

装画＝佐中由紀枝
装幀＝思潮社装幀室

無人駅

高い空の足音が

高い空の足音がきこえて
くる
見知らぬ秋のいただきに
ノスリが一羽
空でゆっくり舞っている
のだが
それよりじつは
もっと　うえのほうだ
空に広がってゆく波紋（さざなみ）の
ことを
誰もしらない
ときどきは　夢のお人が

岸辺の　それを　そっと
ふるまっては
盗み見している　のだが
見あげては
すこし似ていたな　私に
感慨が　ふっと
ためいきの釣り糸を垂らしている
釣れるのか
釣れないのか
人生の紙魚（しみ）
鰯雲　鯖雲　鯨雲も　流れてゆく
心中お見舞いは　鮴（めばる）だって

空を澄ましては
閉じること　拓くことと
邑楽かな　淋しさの浮力
の　そんな思案が
季節の膝枕で眠っている
寝息は
誰のいただきだったのだろうか
やがて
何食わぬ顔して
スタスタと水面を歩いて行ったが
いま
不機嫌が小波をたてている

あの辺
見あげれば
ノスリが一羽
空でゆっくり舞っている
のだが
じつはそれより
もっと　うえのほうだ
魂がやんだのにまだおりてこない
高い空の足音がきこえて
くる
その　たびに

何処か　とおい雨の湖では
この世の
秋の
小さな波紋がたっていたな

魂くらいひとりで尋ねたら

神様が　いま
光の足音をあわてて探しています

波紋は　空の呼霊（こだま）でしたか

春の燭台

魂が　小春日和の雲の日だまりで遊んでいる
ぼくはのんびりゆっくり　風を吹かしている
庭の　木蓮の芽が　いせいに泣きはらしては
がらんとした　まひるの空陰から　ひっそり
ひらいてくる　しまいわすれた草枕のうつつ
目に揺れている陰でわかる　それと　かすか

霊柩車が一台　あかるい季節を　走ってゆく
陽の光にむかって　待っているような　何か
もう　待つことにつかれて　夢につかれては
立ちあがった　お方の　一瞬と永遠の虫干し
きょうは　はらからを　野原のように洗おう
青い空の便箋には　横書きの雲も流れていて

冬の日々　脱いだ影法師を　そっと贈ります
書き物という寂しい場所にも　降っている雨
咲こうかと　仄めくページの　うらがわの声
いま　呼霊（こだま）
たしかに　背戸を開けて入ってきたようです
たまに　燭台の火を足しにやってくるのです

雨、鶸が鳴いている

雨が降っている
鶸が鳴いている
いつのまにか　魂が　終（や）んでいる
雨上がりの
空の途を
今なにかが　ひっそり　傘をさし
還っていった
読みさしの机の上の私のせせらぎ
書籍の水辺にも
ほそい秋の虹が架かっていて
その橋をわたって
もう　だあれも還ってこない

雲の溜息だけが一人　ゆれている
あのほとり
改札をすませた　おひとの消息が
そっと
もの　おもいに　ふけっていたな
たしかに
私のうしろ姿にすこし似ていたが
それから
脱ぎ散らかされた
ページのような人生を　めくると
　おしずかに　と
ことばの葉陰から立ち去ってゆく

ものが　まだいた
浮力の　淋しい昼さがり
どこかで河原鶸も鳴いていました
ね
うすいお線香に　煙る雨
　鶸渡る建てしばかりの墓の辺を*
墓　終いの日でした
白骨草咲きましたか

＊作・飯田龍太

芒の原・狐

魂がやってこないからいつまでも待っていた
ない心を　芒のように　そよがせて

まだ生が晴れてきません
まだ死が晴れてきません

雲間から
あの方がそっと顔をだすのはこんなときです
「ぼくの人生は徒歩でいく遠出のお使いのよ
うでした」*よ　と

しんしんと　母に暮れてゆく　そうでしたか
さびしおりの　月草さえも香ってくる

翳ばかり募らせ　立っているその場所が　駅
さみなしに　あはれの風も吹いていましたね

白露に風の吹きしく秋の野は
　　　　つらぬきとめぬ玉ぞ散りける*

とぼとぼ　とぼとぼ
あなたの淋しい歌柄がひっそり歩いています

ぼくは
ぼくはどこか　どこかとほい　おもいの涯て

芒の原に　そっと隠れて
コーンと鳴いた　越前（えちぜん）　道守荘（ちもりのしょう）　社郷（やしろのさと）　狐川（きつねがわ）

耳の姿勢（すがた）の濃い日でしたね

生死にみそめられ　まだ毛繕いもしていない
どくろの目に泪がたまる＊

魂がやってこないからいつまでも待っていた

白骨草　もう咲きましたか

＊広部英一「遠出」『苜蓿』（詩学社）
＊『後撰集』秋中三〇八　文屋朝康
＊「どくろの目に」現代詩文庫『新選　鮎川信夫詩集』（思潮社）

つるんと卵の雨

つるんと　雨　降ってます
つるん　と
ひとりでも　降っているのです
それだけでもう　悲しいのです
言いわけをしない
人生も降っています
卵のようにただの眺めですから
晴れてゆく思いは
脱いでゆく想いのようです
雲の殻のようなあのほとり
摑みどころがなくて恥ずかしい
　のですが

鳥が空の嘴で
つついては割っているのですよ
たまに
呼霊のように　むこう岸
雲間からあの人が顔をだすのは
そんな時です
襟をただして
耳鳴りがしてすこし空の羽音の
あのあたり　そう
「夫婦とは多分　愛が情に変質
した時から始まる
希望の練習学です」

なんて
誰の言葉だったのだろう　か
まあるい
黄身　白身
ただの風が吹いていたりしてね
ええ
のっぺらぼうですよ
こんな思い
おしっこ　なんて　さっき
女房が空に還ってゆきましたよ
つるん　と
ひと皮むけたような　まるい

卵の雨　誰かに聞いてほしくて
　ね
白く洗っています
雨　降っています

心の表裏にも

心の表裏にも風が吹いていてね
そこを　でる　でない
ればの
そんな改札にやさしい比喩です
時刻表のない
待合室の「刻(とき)」の草叢から
ひらひら　ひらひら
女が一人吹かれてゆきましたね
こんな停車場にも
あわただしくやってきましたか
秋
魂もすこし紅葉してきましたよ

読みさしの
詩集の頁に　はさんだ栞は
だれの　途中下車
遠くで河原鶸が鳴いてましたね
お元気でしたか
暮れてゆく人生を
せせらいでは
いなくなった人影が　そっと
もの思いにふける
さっき　絵葉書の中の
涼しい宛名を　渉って　いった
わたしの「老い」も

もう　ひっそり
向こう岸から手を振ってました
ただ　それだけ
お変わりありませんか
野辺の空に
お鈴(りん)ひとつ沈め
人の心を急いでも急ぎたりない
こんな日は
一人
この世を「離(か)る」を読書してる

曼珠沙華浄土の雲に紅移す*

魂がやんで

目の一瞬に永遠を落書している
おかた
足音は秋の波紋（さざなみ）でしたか

想い出の表裏にまだ触っている

＊作・平畑静塔

わたしの年齢を　秋、洛北で

わたしの年齢を
空のように
涙ぐんでは
見上げているときがあります
雲もながれて
芒の原の
きまぐれに　そよいで
しろい風　ゆれていますね
そんな　かたわらに
ひっそり　わけが
見えない空の手がおりてきて
そっと　肩に触れているとき

なのです
ああ
思想だって　さびしいんだな
わたしは高い一人ではないな
だれにともなく
人生の溜息を　冷で一杯
なんて　飲み干しては　そう
熱燗だって
徳利のよう　ごろんと
うち捨てられた
浜辺の　砂のにがさか
そこに横たわり　いつの日か

を　しみじみ
波音に冷めてゆく
夢の甍
世界の悲哀に　とり残され
きっと　君はつつみきれない
輪郭を　こうして
暮れていくのでしょう　か
形骸は　異邦でしょうか
批評とは　そんなふうに
溜息をついている
納得ですか
ですから　この芒の原から

不承不承　を
訳　らしく　吹いてゆこうか
さあ　どこへ行きましょうか
君　逝きますか
秋　洛北

心の時雨　履いてきましたよ

時雨、そうなんだ

そうなんだ
すべておいて怠惰になる
そういうことなんだ
そういうことが許せてくる
だんだんと
昔の書き置きがページの間
から　こぼれてくる
そんなふうなことだろうか
記憶は
命の栞のようなものですか
ら
そんなことなんだ

生きている　ということも
時間は
人間の閑な命の栞なのです
世界は
悲惨と無残のすずしい同居
秋は
一瞬の生と死の仄かな改札
きらめいては
起居をともにした人の淋し
い体温
幸と不幸の目覚めには
雨の匂いもしていたな

ただ　ただ
懐かしさに暮れ　傘さして
無心に
濡れていけばいい
どちらも　自然のなりわい
人間の思いの彼方には
水辺の比喩
岸辺に美しさが足りなくて
きょう
すでに怒りっぽい
きみを素敵とおもう心にも
風があって

秋

悲惨と無残の枯れ葉にも
そうなんだ

ふりゆくものは
　我が身なりけり*を

ひっそり
ふるまっては
もう　薄化粧している

時雨　いました　そこに

＊入道前太政大臣『新勅撰集』雑・一〇五四

喫茶店の一隅に

喫茶店の一隅にひっそり身をおいて
さてと
途方が　ゆっくり首をもたげている
一服の
煙のようなとぐろに　目を許しては
これから
どうするの　と　そっと　あなたの
思案が　からみついてくる
そこは
天上だったか　地上だったか　と
問われても
蛇のような　一日を　暮れるには

何がしかの　こころの瀬せらぎと
風の音いろ
ゆるい彼方の　すこしばかりの景色
を　上品にくれて
ほら　草ぼうぼうの　夢のそしりが
きょう　あなたの紙魚（しみ）
水を染めては　流れてゆくのです
どこかで
河原鶸が鳴いていましたね
淋しいですか　と
翳も　形に吹かれて
彼岸と此岸をわたってゆきます

それから
朝のさっきは　どちらへ行ったのか
から　ゆるやかに　はぐれて
たまに　眺めるだけの　いまも　が
見る　に入っていった
読書中ですか　と
目の貯金のような景色にくれ
さてと
秋　洛北では一服が　まだ帰らない

記憶にはたしかに住んでいた女(おひと)が
だんだん紅葉して遠くなっていった

海、ターナー展で

みあげればターナーのね　悲哀の海
「テレメール号」があってさ
そこに　ふじゆうな　水分が
すこしだけ　窮屈におさまっている
画布の空を
帆船があおざめた波をしたがえてね
ゆったりと浮かんでいる
わたしは一人です
なにをどうしてと　漕ぎだす思いよ
水夫(かこ)は　いるのか
人がみえないものとはなんだろうか
みえないものみようとする精神とは

この沖の
空の窓辺の　きもちのいい海原には
さっき　ひろげた
小波（さざなみ）の思案が　ひっそり
あなたを　浮かべて
そんなみえない　風の掌で
夢みここちの
ながめのいい沈黙を　すこし騒いで
いる
コーヒーが潮のかおりに　運ばれて
樹々の葉が
ここよ　ここよと

手招きしては景色のまぶたの向こう
いまに　みえてくるよ
みえてくるぞ　と
人間の波間が静かにたゆたっている
人生を　おりた水夫が
さっきから　どこに　ゆけばいいか
水分は　まだあるぞと
つかのま　神様に　聞いていました
みあげている
今朝
ターナーの親しいふかさを浮かべた
旅が　そっと

溜息して
こころの吃水線を塗り替えていたな

ぼくは湖を見ながら

ぼくは
湖を見ながら詩を書いている
すると
湖が自然の声のように
凪いでくる
心の平安によせる波の音色で
岸辺がわかる
波紋（さざなみ）だって
凪いでくる詩の一節だ
人間の声のように
静寂の岸辺にひたり
打ちよせられる　刻（とき）の想いに

我を忘れる
いつまでも　の許しが
心の争乱の足音だったろうか
きょう
水に親しい寂しさを洗濯する
その　水の途切れるあたり
ああ　岸辺だった津が了(お)わる
うち捨てられ
人も荒れて　誰もいない
夢の甍に
湖のため息　の
途切れる辺りから　はじまる

見えない　塩の道のむこう
紙魚（しみ）のない
　人生なんて
鱗雲が　いま湧きはじめたな
北陸線　新疋田
無人駅
草ぼうぼうの魂におおわれた
秋
を　過ぎたあたりにあります
ぼくの
改札は　まだしていません
ぼくは

湖を見ながら詩を書いている

さくらが散って

越前(えちぜん)、道守荘(ちもりのしょう)、社(やしろ)の郷(さと)、
狐川(きつねがわ)

さくらの散ったあとは
春の花やぎが
どこかへ
行ってしまったようだ
散歩のあとのひっそり
うなだれている
魂の　かたわらで
幻のひとの
生きる　はなやぎと
死の　はなやぎ　が

花祭りの提灯のように
淋しくゆれている
どうして
死きる　といわなかった
のか
風にまみれて
　わたしは閑寂である
ともども　吹かれては
ゆらゆら
身体を　そよがせている
あなたが好きでしたから
ね　と

それから
心　さわぐ仕草で
ひとつひとつはだけては
つまびらかに
生きるを思っていようか
の　それを
偲(おも)っている

詩が欲しい　雨のあとは

雨はひとりの呼霊(こだま)でいい

川上明日夫（かわかみ・あすお）　一九四〇年　満州国間島省延吉市生まれ

詩集

『哀が鮫のように』　一九六八年　『夕陽魂』　二〇〇四年
『彼我考』　一九七八年　『雨師』　二〇〇七年
『月見草を染めて』　一九八五年　現代詩文庫『川上明日夫詩集』　二〇一一年
『駟』（詩画集・共著）　一九九〇年　『往還草』　二〇一二年
『白くさみしい一編の旅館』　一九九二年　『草霊譚』　二〇一四年
『蜻蛉座』　一九九八年　『灰家』　二〇一六年
『現代詩の10人　川上明日夫』　二〇〇一年　『白骨草』　二〇一七年

詩誌「木立ち」編集人、「歴程」同人
日本文藝家協会、日本現代詩人会、日本詩人クラブ、中日詩人会、福井県ふるさと詩人クラブ各会員
日本現代詩歌文学館評議員、大阪文学学校講師

現住所　〒９１８－８０５５　福井県福井市若杉町28号28番地5

無人駅

著　者　川上明日夫
発行者　小田久郎
発行所　株式会社思潮社
〒一六二―〇八四二
東京都新宿区市谷砂土原町三―十五
電　話〇三（三二六七）八一五三（営業）八一四一（編集）
ＦＡＸ〇三（三二六七）八一四二
印刷所　三報社印刷株式会社
製本所　小高製本工業株式会社
発行日　二〇一九年六月一日